Bienvenue dans la forêt scintillante

Lis d'autres livres
de la collection
JOURNAL DE LICORNE!

Journal de licorne

Bienvenue dans la forêt scintillante

Rebecca Elliott

Texte français d'Isabelle Fortin

■SCHOLASTIC

Je dédie ce livre à tous ceux qui ont dû trouver
une nouvelle maison. Qu'ils soient toujours
les bienvenus. XX — R. E.

Un merci tout spécial à Clare Wilson
pour sa contribution à ce livre.

Catalogage avant publication de Bibliothèque et Archives Canada

Titre: Bienvenue dans la forêt scintillante / texte et illustrations de Rebecca Elliott ;
texte français d'Isabelle Fortin.
Autres titres: Welcome to Sparklegrove. Français
Noms: Elliott, Rebecca, auteur, illustrateur.
Description: Mention de collection: Journal de licorne ; 8 |
Traduction de : Welcome to Sparklegrove.
Identifiants: Canadiana 20230561160 | ISBN 9781039705159 (couverture souple)
Classification: LCC PZ23.E447 Bi 2024 | CDD j823/.92—dc23

Édition publiée par les Éditions Scholastic, 604, rue King Ouest,
Toronto (Ontario) M5V 1E1, Canada.

5 4 3 2 1   Imprimé en Chine 62   24 25 26 27 28

Conception graphique du livre : Marissa Asuncion

Table des matières

1
Une nouvelle famille!

Dimanche

Salut, cher journal! C'est encore ta licorne préférée : Iris Flamboyant. Mais tu peux m'appeler Iris.

Mes amis et moi sommes vraiment excités, car une famille de JACKALOPES est arrivée dans la forêt hier soir! J'ai vraiment hâte de les rencontrer!

Je vis dans la forêt scintillante.

Chutes
arc-en-ciel

Tunnels
des
gnomes

Grottes
des trolls

Clairière
étincelante

École des
licornes
de la forêt
scintillante

Nids de
dragons

Pré fleuri

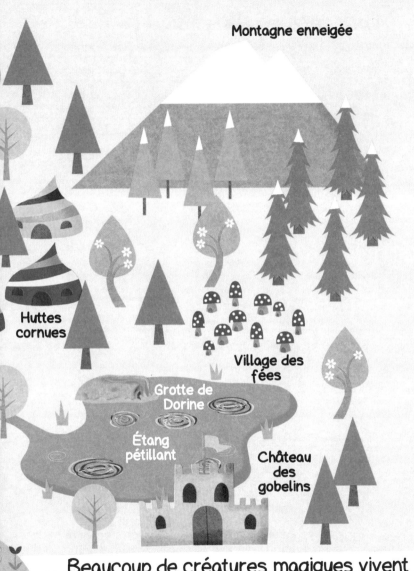

Montagne enneigée

Huttes
cornues

Village des
fées

Grotte de
Dorine

Étang
pétillant

Château
des
gobelins

Beaucoup de créatures magiques vivent
ici, mais il n'y a jamais eu de jackalopes!

Voici ce que je sais à leur sujet :

Ils se déplacent en bondissant comme les lapins, mais sont plus gros qu'eux.

Ils ont de grandes oreilles et une bonne ouïe.

Ils mangent des carottes.

Malheureusement, des créatures les pourchassent pour leurs bois uniques.

Les licornes aussi sont intéressantes. Voici quelques informations à propos de nous :

Oreilles
Se balancent de haut en bas quand nous entendons de la musique!

Corne
Brille pour nous aider à voir dans le noir.

Queue
Active notre pouvoir de licorne quand on l'agite. (Aide aussi à chasser les mouches!)

Bouche
Peut servir à hennir, même si nous ne le faisons pas.

Veux-tu connaître d'autres faits amusants sur les licornes?

Certaines licornes volent. Une plume provenant de l'aile d'une licorne volante peut activer le balai d'une sorcière!

Nous dormons sur de petits nuages flottants.

Nous n'avons pas de parents. Notre famille, ce sont nos amis!

Nous entraînons notre queue pour pouvoir l'agiter aisément.

Mes amis et moi allons à l'École des licornes de la forêt scintillante. Nous y vivons et y dormons dans des **HUTTES CORNUES!**

Nous avons tous un pouvoir différent. Comme le mien est d'exaucer les vœux, je peux en accorder un par semaine.

Lui, c'est mon MEILLEUR ami, Soleil Radieux. Il a le pouvoir de devenir invisible!

Voici mes autres camarades ainsi que leur pouvoir.

Muscade Ardente
Capacité de voler

Fleur Délicate
Apparition d'objets

Météore Nocturne
Contrôle de la météo

Éclair Orangé
Changement de taille

Étoile Éclatante
Guérison

M. Reflets Argentés
notre enseignant
Métamorphose

À l'école, nous apprenons des choses **BRILLANTASTIQUES** comme :

La PAILLETTOLOGIE
(la science des paillettes)

Le NETTOYAGE ET LE RANGEMENT

La MÉDITATION MAGIQUE

Le CARDIO-CRIN
(l'exercice de la queue)

Chaque semaine, nous essayons aussi de faire quelque chose de nouveau. Si nous réussissons, nous obtenons un écusson unique, que nous cousons sur notre couverture à écussons.

Je me demande quel écusson nous allons tenter d'obtenir cette semaine! J'espère qu'il concernera la nouvelle famille de jackalopes! Bonne nuit, cher journal!

Fête de bienvenue

Lundi

Au déjeuner, nous parlions tous de la nouvelle famille qui a emménagé dans la forêt.

Il paraît qu'ils sont arrivés au château hier soir!

J'ai vraiment hâte de rencontrer un jackalope!

Et de voir la grosseur de leurs bois!

Je me demande s'ils sautent très haut!

Ça doit être angoissant de devoir déménager.

Je me demande pourquoi ils sont partis.

On devrait leur organiser une fête de bienvenue!

★ 13 ★

C'est à ce moment que M. Reflets Argentés est arrivé.

C'est souvent dur de s'installer dans un nouvel endroit.

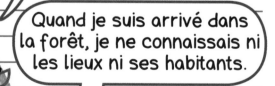

Nous avons tous été un peu surpris. Nous pensions que M. Reflets Argentés avait toujours habité dans la forêt!

Ça a dû être difficile, monsieur Reflets Argentés.

Oui, mais tout le monde a été vraiment accueillant. D'ailleurs, ça me donne une idée. Vous allez tenter d'obtenir votre écusson d'ACCUEIL, cette semaine!

Bienvenue

Yé!

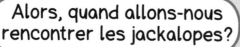

Alors, quand allons-nous rencontrer les jackalopes?

Pas tout de suite. Comme ils ont fait un long voyage, ils se reposent au château des gobelins.

Nous avons commencé à planifier la fête en faisant la liste suivante. Qu'en penses-tu, cher journal?

Choses à faire pour la fête de bienvenue

- Une banderole

- Un gâteau aux carottes

- Une carte de la forêt scintillante à offrir en cadeau!

Soleil, Muscade, Éclair et moi avons fait la banderole en utilisant, bien sûr, beaucoup de paillettes.

Elle est très belle! Où allons-nous la suspendre?

Nous devrions peut-être l'installer près du château maintenant, plutôt que d'attendre la fête. Ce sera la première chose que les jackalopes verront en sortant du château!

Bienvenue dans votre NOUVEAU CHEZ-VOUS!

Nous sommes partis vers le château.

Muscade et Éclair ont installé la banderole bien haut dans les arbres.

De retour aux huttes, nous sommes allés voir Étoile, Fleur et Météore. Ils avaient fait un gâteau aux carottes arc-en-ciel.

Il a l'air délicieux!

Il reste du glaçage.

Farine

Nous leur avons parlé des gardes qu'il y avait à l'extérieur du château.

Nous nous sommes lancé du glaçage. C'était une bataille exquise. Puis nous avons tout nettoyé dans la joie...

Nous sommes ensuite allés nous coucher, le ventre plein. Nous avions très hâte de rencontrer les jackalopes!

3

Rencontre avec une licorne

Mardi

Aujourd'hui, nous avons commencé à dessiner une grande carte de la forêt scintillante.

N'oublie pas les chutes arc-en-ciel!

Puis deux gardes à l'air très sérieux sont arrivés. Ils sont allés discuter avec M. Reflets Argentés.

Quand les gardes sont partis, nous avons vu que M. Reflets Argentés tenait une invitation royale!

Chères licornes, j'ai été invité à un entretien privé avec la reine Genièvre.

Quoi?

Oui, elle me demande parfois conseil.

Vous __êtes__ très sage.

Hum, je ne sais pas trop. Mais merci!

Puis il est parti.

Au château, il y avait toujours beaucoup de gardes.

Nous n'allons rien apprendre d'ici!

Je sais, mais les gardes ne nous laisseront pas passer.

Regardez, quelqu'un arrive!

C'est la princesse Greta!

Greta traînait trois immenses sacs de carottes!

Bonjour, les licornes! Les jackalopes aiment vraiment les carottes!

Pouvons-nous les rencontrer?

Ma mère m'a dit de ne laisser entrer personne... Mais j'aurais bien besoin d'aide avec ces sacs. Venez!

Greta a dit aux gardes que nous étions là pour des affaires royales importantes. Ils nous ont donc laissés passer.

J'ai essayé de murmurer quelque chose à Soleil :

Mais il n'a pas compris!

Dans les jardins du château, deux gardes semblaient perplexes.

Bonjour! Où sont les jackalopes?

Hum, les parents sont à l'intérieur. Ils discutent avec la reine.

Et le petit est ici quelque part... Il n'arrête pas de se cacher!

Oh. Je vois.

SAUTEUR, C'EST MOI!
VIENS RENCONTRER
MES AMIS!

Un jeune jackalope a alors surgi de derrière un arbre!

Nous avons fait connaissance avec Sauteur pendant que Greta allait chercher de quoi pique-niquer. Nous étions ravis de voir que le jackalope semblait lui aussi vraiment content de nous rencontrer!

Bonjour, Sauteur! Heureux de te rencontrer!

J'ai toujours voulu voir des <u>licornes</u>!

Hennissez-vous?

Non, pas comme les chevaux!

Je saute haut! Regardez!

Wouah! C'est très haut!

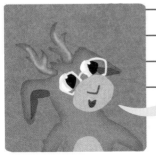

Je sais! J'ai du talent! Mais les licornes ont des pouvoirs magiques, non? Montrez-les-moi!

Étoile et moi avons fait briller notre corne et lui avons parlé de nos pouvoirs.

Puis Muscade a volé.

Fleur a fait apparaître une licorne en jouet pour Sauteur.

Éclair est devenu tout petit.

Météore a fait tomber de la neige.

Et Soleil s'est rendu invisible, à l'exception de son derrière.

Ha ha! Vous êtes INCROYABLES!

Oh, ce serait dommage que vous ne puissiez pas rester!

On espère que vous le pourrez!

Puisque ce pauvre Sauteur avait l'air BIEN triste, nous avons cessé de lui poser des questions. Mais nous nous demandions tous pourquoi les jackalopes risquaient de devoir partir.

De retour aux **HUTTES**, nous avons attendu M. Reflets Argentés. Quand il est finalement rentré, nous lui avons posé plein de questions.

Mais M. Reflets Argentés n'a pas pu nous dire grand-chose.

Je ne peux pas vous répondre. Mais je dois retourner au château à la première heure demain. Je vais aider la reine et les jackalopes à prendre une décision difficile.

Oh, cher journal! Nous aimons le petit Sauteur! J'espère vraiment qu'il pourra rester!

4

Une aventure sautillante

Ce matin, au déjeuner, nous ne parlions que d'une seule chose : les jackalopes!

J'aimerais savoir ce qui les obligera peut-être à partir.

Il doit y avoir de bonnes raisons.

Hum, peut-être que nous ne pouvons pas encore accueillir <u>toute</u> la famille, mais nous pouvons au moins nous occuper de Sauteur!

Tu as raison, Iris! Faisons-lui découvrir la forêt!

Oui, ce sera peut-être notre seule chance.

Nous sommes donc allés au château.

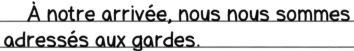

À notre arrivée, nous nous sommes adressés aux gardes.

Bonjour, pouvons-nous encore entrer?

Désolé, c'est impossible.

Nous avons reçu l'ordre de ne laisser entrer <u>personne</u> sans invitation.

Nous nous sommes cachés derrière un buisson pour établir un plan. C'est là que nous avons vu Sauteur, qui bondissait très haut derrière le mur du château.

Si seulement nous pouvions lui parler.

Mais oui! Je sais quoi faire!

D'abord, Soleil s'est rendu invisible.

Puis il s'est approché du mur et a chuchoté à Sauteur :

Psst! C'est Soleil!
Veux-tu venir visiter la forêt
avec nous?

Dans une leçon, nous avions appris que les jackalopes avaient une excellente ouïe. Et nous espérions que ce serait vrai! Heureusement, Soleil a entendu une réponse!

Avec plaisir!

Génial! Mais nous ne savons pas comment te faire sortir.

Sauteur a alors fait un IMMENSE bond et a atterri juste à côté de nous.

Je vous l'avais bien dit que j'avais du talent!

Nous avons fait le tour de la forêt avec Sauteur et nous avons eu beaucoup de plaisir.

Nous avons couru dans le pré fleuri.

Puis nagé dans les chutes arc-en-ciel.

Sauteur a rencontré plusieurs des créatures magiques qui vivent ici.

Il a bien aimé notre balade. Et tous ceux qu'il a rencontrés l'ont adoré!

De retour aux **HUTTES**, Fleur a fait apparaître des gâteaux aux carottes. Nous avons bien ri quand Sauteur en a planté deux sur ses bois… « pour plus tard ».

Nous devrions retourner au château avant que quelqu'un ne s'inquiète.

À l'extérieur du château, Sauteur a soudainement eu l'air triste.

C'est là que Sauteur nous a raconté son histoire...

Ma famille et moi avons dû quitter notre ancienne forêt, car nous étions pourchassés par de méchants centaures.

Votre reine veut protéger ma famille, mais mes parents et elle ont peur que les centaures nous retrouvent si nous restons. Tous les habitants de la forêt scintillante seraient alors en danger.

Oh, Sauteur, c'est terrible! J'espère que la reine pourra vous protéger.

Maintenant, tu dois VRAIMENT retourner à l'intérieur. Sinon, tes parents vont s'inquiéter pour toi.

Sauteur nous a salués et, d'un gros bond, il est retourné dans les jardins du château.

Le soir venu, nous étions tous très préoccupés.

Soleil, je veux vraiment que les jackalopes restent. Mais j'ai peur que les centaures viennent ici.

Je sais. Espérons que M. Reflets Argentés pourra nous en dire plus demain.

J'ai eu beaucoup de difficulté à m'endormir.

Jeudi

Ce matin, nous avons parlé à
M. Reflets Argentés.

Nous avons entendu dire que des centaures pourchassaient les jackalopes.

Où avez-vous entendu ça?

Nous lui avons parlé de notre rencontre
avec Sauteur et de notre visite de la forêt.

Nous craignions que M. Reflets Argentés ne soit fâché, mais ce n'était pas le cas.

Vous auriez dû le demander avant de faire sortir Sauteur du château. Mais je suis content qu'il se soit amusé avec vous. Ce petit a vécu des choses difficiles.

Alors, la reine va-t-elle permettre aux jackalopes de rester?

Nous voulons qu'ils restent, mais j'ai peur des centaures.

Moi aussi.

Je comprends vos craintes. Mais laissez-moi vous raconter mon histoire…

Je suis venu ici parce que les créatures de la forêt où j'habitais étaient méchantes avec moi. Elles disaient que je n'étais pas une <u>vraie</u> licorne, puisque je pouvais me métamorphoser.

Oh, c'est horrible!

Oui, mais tout le monde ici m'a aidé. La forêt scintillante est un endroit unique. Pas pour sa magie, mais plutôt parce qu'on y accueille <u>toutes</u> les créatures et qu'on en prend soin.

Ces paroles nous ont fait réfléchir. Puis Muscade a dit ce que nous pensions tous.

Nous devrions protéger la famille de jackalopes!

Mais comment pourrions-nous convaincre la reine?

M. Reflets Argentés a alors froncé les sourcils.

C'est trop tard. La reine et les jackalopes ont décidé que les centaures étaient trop dangereux. La reine va confier la famille à deux de ses gardes, en espérant qu'ils trouveront un endroit sûr ailleurs.
Ils partiront ce soir à minuit.

M. Reflets Argentés est parti, l'air triste.

Il faut absolument faire quelque chose!

Même si nos amis de la forêt savaient pour les dangereux centaures, je ne pense pas qu'ils voudraient que les jackalopes partent... surtout maintenant que beaucoup d'entre eux ont rencontré Sauteur!

Allons leur parler!

Nous sommes allés voir tous ceux que Sauteur avait rencontrés, la veille.

Nous leur avons parlé des centaures et du départ des jackalopes le soir même.

C'est injuste!

Ce pauvre petit jackalope et sa famille!

Les jackalopes doivent rester avec nous!

La forêt scintillante EST un endroit unique. Même si les centaures sont effrayants, tout le monde voulait que les jackalopes restent. Même les trolls!

Ensemble, nous avons donc fait un plan.

Juste avant minuit, les barrières du château se sont ouvertes pour laisser partir les jackalopes. La famille, la reine et M. Reflets Argentés ont été très surpris de tous nous voir là!

La reine Genièvre a souri, puis s'est adressée aux jackalopes.

Au fond, je ne veux pas que vous partiez. Et puisque tout le monde est d'accord, vous pouvez rester!

Merci à tous!

Bienvenue dans votre NOUVEAU CHEZ-VOUS!

RESTEZ! Vous êtes les bienvenus dans la forêt!

Dans ce cas, c'est d'accord. Nous aimerions rester!

Yé!

Soudain, nous avons entendu un bruit de sabots galopant vers le château. Puis, CATASTROPHE, deux centaures sont apparus!

6

Ne revenez jamais!

Nous avons tous eu très peur quand les centaures ont pointé leurs flèches vers nous.

Nous voulons seulement les jackalopes. Laissez-les partir!

S'il vous plaît, ne blessez personne. Nous allons vous suivre.

RESTEZ! Vous êtes les bienvenus dans la forêt!

Attendez!

Avant même que les centaures n'aient compris ce qui se passait, nous avions formé un mur devant les jackalopes.

Ces jackalopes font partie de notre grande famille. Vous allez donc devoir nous passer sur le corps pour les atteindre!

Nous ne voulions pas blesser les centaures, mais nous souhaitions tout de même leur faire peur. Les fées ont donc lancé des flèches et les trolls, des pierres, mais juste près d'eux. Les dragons ont aussi craché du feu.

PARTEZ!

Ce sont alors les centaures qui ont eu l'air effrayés!

Quand les centaures sont partis, tout le monde s'est réjoui. Sauteur m'a fait un gros câlin!

Sauteur a alors dit EXACTEMENT ce qu'il fallait!

Je souhaite que ces méchants centaures ne puissent jamais remettre les pieds ici!

Tu le <u>souhaites</u>? Ton vœu est exaucé!

Wouah! Nous pouvons donc rester et vous serez en sécurité?

Oui, bienvenue chez vous!

J'ai si hâte de VRAIMENT célébrer pendant la fête de bienvenue, plus tard aujourd'hui!

Un accueil chaleureux

Vendredi

La famille de jackalopes a adoré la carte que nous avions préparée! Ils ont commencé à creuser leur terrier dans le pré fleuri.

Nous allons semer des carottes pour vous!

Merci!

Miam!

La fête de bienvenue a été **BRILLANTASTIQUE!** Nous avons dansé et mangé du gâteau aux carottes!

TERRIER DES JACKALOPES

Puis M. Reflets Argentés nous a remis nos écussons d'ACCUEIL.

Merci de nous avoir rappelé que nous sommes une grande famille et que nous sommes là les uns pour les autres.

Cette semaine, notre famille s'est encore agrandie, et elle est maintenant plus heureuse!

À bientôt, cher journal!

Rebecca Elliott n'a peut-être pas de corne magique et ne peut pas non plus faire jaillir des paillettes quand elle éternue, mais elle est tout de même un peu comme une licorne. Elle essaie de toujours garder une attitude positive, rit beaucoup et vit avec des créatures fantastiques : ses enfants à la fois bruyants et charmants, son adorable, mais polissonne chienne Frida et un gros chat paresseux prénommé Bernard. Comme elle a la chance de cohabiter avec ces personnages amusants et d'écrire des histoires dans le cadre de sa profession, elle trouve que la vie est plutôt magique!

Rebecca est l'autrice de séries populaires de premiers romans pour jeunes lecteurs, dont *Hibou Hebdo* et *Journal de licorne*.

Journal de licorne

Qu'as-tu retenu de ta lecture?

M. Reflets Argentés n'a pas toujours vécu dans la forêt scintillante. Pourquoi a-t-il quitté l'endroit où il habitait avant?

C'est parfois angoissant de déménager. Est-ce que ça t'est déjà arrivé? Si oui, qu'as-tu ressenti? Sinon, comment penses-tu que tu te sentirais si tu devais t'habituer à un nouvel endroit?

La famille de jackalopes est pourchassée par de méchants centaures. Qu'est-ce que les centaures leur veulent? Relis la page 4.

Les licornes organisent une fête de bienvenue pour la famille de jackalopes. Si tu en organisais une, quel genre de gâteau et de décorations choisirais-tu? Dessine à quoi ta fête ressemblerait.

Les licornes préparent une carte de la forêt pour les jackalopes. Dessine une carte de ton quartier, puis offre-la à un ami!